CHŒURS

EXÉCUTÉS

PAR LES ÉLÈVES DU PETIT-SÉMINAIRE DE MONTMORILLON

A LA

DISTRIBUTION SOLENNELLE DES PRIX

29 Juillet 1862.

LES LAURIERS

GRAND CHŒUR

POUR DISTRIBUTION DES PRIX

DÉDIÉ AUX ÉLÈVES

DU PETIT-SÉMINAIRE DE MONTMORILLON.

Musique de M. l'abbé W. MOREAU.

Victoire !
Honneur et gloire !
Chantons.

SOLO.

Pourquoi, jeunesse,
Ces chants d'ivresse ?

1862

40436

Pourquoi tous ces lauriers ?
Est-ce une fête
Une conquête,
Que chantent de nobles guerriers?

CHŒUR.

Victoire !
Honneur et gloire !
Chantons !

Gais compagnons,
Chantons, chantons ;
Chantons la gloire
Et la victoire,
Laissez vos cœurs,
Heureux vainqueurs,
Battre d'amour
En ce beau jour.
Ah !

Mélodie lointaine.

DUO.

Entendez-vous
Ces gais refrains, ces chants si doux ?

Boléro.

SOLO.

On dit qu'un jour Apollon
Se lassa d'être poëte :
Et quittant le sacré vallon
Il se fit anachorète.
Et tandis qu'aujourd'hui de paisibles guerriers,
Luttent au champ d'honneur sous une autre Bellone
Il vient leur offrir la couronne,
Et cultive pour eux le myrthe et les lauriers (*bis*).

CHŒUR.

Il cultive pour nous le myrthe et les lauriers (*bis*).

Boléro.

Chantez, gai troubadour
Vos plus joyeux refrains d'amour.

CHŒUR.

Chantez les vertes campagnes,
Les épis dorés des moissons ;
Chantez à l'écho des montagnes } *bis.*
Les doux refrains de vos chansons.
O vous qu'un même espoir assemble,
Chantez le bonheur d'être ensemble,
Le retour
De ce beau jour ;
Chantez, chantez vos espérances,
Chantez l'ivresse et les vacances,
Et vos lauriers,
Heureux guerriers :
Chantez.
Et vous, ô mères si bonnes,
Que vos fronts en ce beau jour
Soient parés des vertes couronnes,
Que pour vous tressa notre amour ;
A vous nos lauriers et nos cœurs,
A vous les lauriers des vainqueurs !

SOLO.

Amis, pour notre cœur que ce jour a de charmes !
Bientôt, bientôt pourtant il faut quitter ces lieux !
Et dans vos yeux, hélas ! j'ai vu couler des larmes,
Les larmes des adieux.

CHOEUR.

Entonnons le chant des adieux.

TRIO.

Adieu !
Adieu, vous de l'enfance
Protecteur généreux.
Asile où règne l'innocence,
Recevez nos adieux.

CHOEUR.

Adieu, brillantes fêtes,
Adieu, douces retraites.
O calme du saint lieu !
Adieu ! adieu !

DUO.

En ton amour,
O tendre Père,
Mon cœur espère
Jusqu'au retour.
A cette aurore
Nos voix encore
Nos voix te rediront encore :
Père, nous t'aimerons toujours.

TOTTI.

Bientôt nous reviendrons,
Et de nouveau nous chanterons :

Boléro.

CHOEUR.

Chantons la nouvelle année;
Chantons un nouvel espoir;
Chantons cette heureuse journée
Et le plaisir de nous revoir.

Que notre voix,
A cette aurore,
Redise encore
Nos doux exploits.
Chantons le jour qui nous rassemble,
Chantons le bonheur d'être ensemble,
Nos travaux,
Joyeux rivaux.
Chantons l'immortelle couronne;
Chantons l'ardeur que Dieu donne
Aux enfants
Triomphants.
Chantons !

Amis, que l'inquiétude
Ne trouble pas le jour de la moisson.
Recueillez les fruits de l'étude,
Laissez couronner votre front.
Chantez,
Jeunes vainqueurs,
Le jour d'honneur :
Chantez, vaillants guerriers,
Ah ! chantez vos lauriers !
Au front vainqueur
Honneur !
Honneur au front vainqueur,
Honneur !
Honneur !
Honneur au vainqueur !

LES PEINES D'UN PETIT ÉCOLIER.

CHANSONNETTE.

Paroles de M. l'abbé M. MOREAU.

1.

Qu'on est heureux d'être à votre âge !
Me dit souvent un bon vieillard :
D'accord ; mais ce bel avantage
D'où vient qu'on le prône si tard ?
Leçons, devoirs, et par centaines
Voilà notre pain journalier.
Ah ! vraiment on a bien des peines
Quand on est petit écolier !

2.

Je voudrais tout faire à ma tête,
Le maître ne veut pas céder :
De là, toujours quelque tempête.....
Où ma ressource est de bouder.
Quand je voudrais tenir les rènes,
Sous la règle il me faut plier.
Ah ! vraiment on a bien des peines
Quand on est petit écolier !

3.

Lorsque le matin je sommeille
Entre mes draps bien chaudement
Soudain la cloche me réveille :
— Debout ! c'est là le règlement.
La neige en vain couvre les plaines,
Il me faut quitter l'oreiller.
Ah ! vraiment on a bien des peines
Quand on est petit écolier !

4.

Quand j'étais chez ma bonne mère
Je déjeunais au lait sucré :
Au collége une croûte amère
Est le seul régal assuré.
On court la bouche et les mains pleines,
Et la fontaine est le cellier.
Ah ! vraiment on a bien des peines
Quand on est petit écolier !

5.

S'il pleut, eh bien ! allons écrire,
Le travail coûte peu d'effort ;
Mais le soleil vient-il à luire,
Pourquoi rester quand chacun sort ?
Du printemps les fraîches haleines
Nous empêchent de travailler.
Ah ! vraiment on a bien des peines
Quand on est petit écolier !

6.

Contre le courroux de mon père,
Parfois trop prompt à corriger,
J'avais les larmes d'une mère
Pour m'absoudre et me protéger.
S'il m'échappe ici des fredaines,
Pour moi qui voudra supplier ?
Ah ! vraiment on a bien des peines
Quand on est petit écolier !

7.

Pourtant, malgré tant de misères,
Je mange, dors, m'amuse bien ;
Et s'il est des jours moins prospères,
Le soir il n'y paraît plus rien.

Mais l'âge mûr a-t-il des chaînes,
Des maux qu'on ne peut oublier ?....
En ce cas on a moins de peines ,
Quand on est petit écolier !

—··⁑·§·—

LA PATROUILLE.

(Musique de VAN ACKERE.)

CHOEUR.

Garde à vous, garde à vous ! la Patrouille s'avance !
Silence !
Voici la nuit, la Patrouille s'avance
Voici la nuit, voici la nuit : silence !
Silence, silence !

Récitatif.

Repose en paix, habitant de la ville,
Qu'un doux sommeil succède à tes travaux !
Dans le ciel noir l'étoile brille et file,
La garde est là veillant sur ton repos.
La garde est là !

Marchons sans bruit,
Voici la nuit !
Garde à vous, la patrouille s'avance,
Silence !
Marchons sans bruit,
Voici la nuit.

LE BOURRIQUET

DE LA MÈRE GRÉGOIRE.

CHANSONNETTE.

(Paroles de M. l'abbé M. MOREAU.)

1.

Par hasard un jour de foire
En chemin j'ai rencontré
La vieille Mère Grégoire
Qui menait son âne au pré.

CHŒUR.

Et dans l'air le fouet claquait,
Hue, ahi! mon âne,
Et dans l'air le fouet claquait,
Hue ahi donc mon bourriquet. (*Bis*).

2.

Cet âne ou cette bourrique
Ne l'était pas tout-à-fait :
Il faut que je vous explique
Comment cela s'était fait.

3.

On dit, et je l'imagine,
Que c'était au temps jadis,
Un garçon de bonne mine
Le plus riche du pays.

4.

Mais il feignait à l'école
De regarder ses leçons
Et jouait à *Pigeon-vole*,
Dès qu'on tournait les talons.

5.

Aussi la déconfiture
Fut grande le jour des prix :
Lolo fit triste figure,
Car il n'avait rien appris.

6.

Lors, sa maman bien en peine
Prit son fils et se rendit
Loin , fort loin, chez sa marraine,
Une Fée en grand crédit.

7.

Quoi ! Lolo ne veut rien faire,
Dit l'autre d'un air malin,
Eh ! bien, qu'il apprenne à braire
Et porte sacs au moulin.

8.

Crac ! d'un seul coup de baguette
Le costume a disparu ,
Et fait place à la toilette
D'un petit ânon bourru.

9.

Adieu donc ; bouche vermeille !
Adieu ! le tour était fait ,
A droite , à gauche l'oreille
Monte et se roule en cornet.

10.

Voyant sa métamorphose
L'enfant veut crier : Maman ;
Mais on n'entend autre chose
Que : *hi han ! hi han ! hi han !*

11.

Tu resteras, dit la Féé
Pour servir d'enseignement;
Ta tête sera coiffée
Jusqu'à bon amendement.

12.

Mais du jour où la paresse
Partira, tu reprendras
Ton teint rose et ta jeunesse,
Tes chansons et tes ébats.

13.

La paresse, il faut le croire
Est un mal qui tient longtemps,
Puisque la Mère Grégoire
Mène encor son fils aux champs.

LA FEUILLE.

CHŒUR.

Musique de LAURENT DE RILIÉ.

De ta tige détachée
Pauvre feuille desséchée,
Où vas-tu? — Je n'en sais rien....
L'orage a brisé le chêne
Qui seul était mon soutien.
De son inconstante haleine,
Le zéphyr ou l'aquilon
Depuis ce jour me promène
De la forêt à la plaine,
De la montagne au vallon.

Je vais où le vent me mène,   (bis)

Sans me plaindre ou m'effrayer ;

Je vais où va toute chose ,

Où va la feuille de rose

Et la feuille de laurier.

CHIENS ET CHATS

CHŒUR NOCTURNE

AVEC

SÉRÉNADE OBLIGÉE.

Dans laquelle Matous et Caniches font les plus louables efforts pour prouver que la bonne harmonie n'a jamais cessé d'exister entre eux.

Paroles et musique de M. l'abbé W. MOREAU.

SCHERZO *des Voyageurs.*

La gaîté règne au logis.

Grand Dieu ! quel vacarme infernal,

Cessez vos cris, ce bacchanal ;

Laissez-nous reposer en paix ,

Je vous le dis en bon français.

Le SCHERZO recommence.— Bientôt le bruit cesse; les voyageurs fatigués s'endorment, et jouissent à l'aise et sans vergogne de toutes les douceurs d'un sommeil harmonieux.

SOLO.

Enfin aurons-nous le loisir

    De dormir?

Faut-il veiller la nuit entière ?..

Chacun s'endort.... adieu, bonsoir,

    Au revoir ;

Jusqu'à la prochaine lumière

Un voyageur bâille en s'allongeant
tandis qu'un autre appelle :

Garçon ! garçon !

Coup de sonnette.

Garçon , vite allons donc.—

Voilà ,

Mylord, on y va.

Bruit de vaisselle qui se brise.

CHŒUR.

Ah !

De timides miaulements et quelques
jappements lointains font présager
pour les voyageurs toute une série
d'agréments inattendus.

SOLO.

Puisque l'on ne peut fermer l'œil
Je vais vous conter mon histoire :
Blotti dans un affreux cercueil ,
Je viens de passer l'onde noire.
Hélas ! hélas ! il m'en souvient ,
J'ai , par là-bas, vu bien des choses ,
Tout n'était pas couleur de roses…
Mais enfin (*bis*)
Rassurez-vous, car je me porte bien.

Miaulements plaintifs ; quelques Matous
attendris et de larmoyants Médors se
lamentent en entendant le récit des tri-
bulations de notre Touriste infortuné.

2ᵉ COUPLET.

Partout , partout l'ingrat sommeil
S'obstine à fuir votre paupière…
La volaille cuit au soleil ,
Et le poisson, dans la rivière.

Rêvez, ou ne songez à rien,
N'importe, du soir à l'aurore
Un bétail maudit vous dévore.
      Mais enfin (*bis*)
Rassurez-vous, car je me porte bien.

> *Les Poules et les Coqs du voisin croi-*
> *raient manquer à la politesse s'ils ne*
> *se rangeaient de la partie.—Mais une*
> *patrouille de passage les met à la*
> *raison, et nos héros effarouchés se*
> *sauvent comme des poules mouillées.*

3ᵉ COUPLET.

Du matin voici les pavots,
Lorsque tout dort dans la nature,
Goûtons un instant de repos.....
Jusqu'à la prochaine aventure.
Là-bas j'entends japper un chien,
Coq, poule et poulets sont en fête,
Les chats miaulent, j'en perds la tête;
      Mais enfin (*bis*)
Rassurez-vous car je me porte bien.

> *Les Rodillards se piquent d'amour-*
> *propre, et tiènnent à honneur de*
> *garder le dessus.—Roulades.—Exer-*
> *cices de fausset.— Ut de poitrine, etc.*

4ᵉ COUPLET.

Enfin par le premier convoi
Aux flots amers je me confie;
Vagues d'azur, emportez-moi
Vers le sommeil et la patrie.
Faux espoir ! quel sort est le mien !
Au sommeil en vain je succombe...
Mais je dormirai dans la tombe;

Car enfin (*bis*)
Consolons-nous, là nous dormirons bien.

> *Le vacarme est au comble : les artistes du* MIAO *et du* JAPPEMENT *s'entendent comme Chiens et Chats.*

CHŒUR.

Messieurs les Chiens, messieurs les Chats
Grâce, terminez vos sabbats.
Taisez-vous, car sans plus de frais
Nous prendrons le manche à balais,
Et ferons à l'occasion
Pour vous faire baisser le ton
Jouer la trique et le bâton.
Entendez-vous,
Vilains Matous ?
A chat ! à chat ! à chat !...
Nous triomphons, vivat !

> *Déroute et sauve-qui-peut général. — Un jeune barbet sans expérience s'attarde imprudemment, reçoit quelques caresses plus ou moins tendres et témoigne en son patois qu'il n'y est pas insensible.*

CHŒUR FINAL.

SOLO.

Rions !
Chantons !
Leur défaite
Est complète

La nuit

S'enfuit,

Mais la gaîté nous suit.

Le même Motif est repris par le CHŒUR.

> *Les Grippeminauds comprenant sans*
> *doute qu'ils n'ont point excité trop*
> *de colère, et peut-être aussi pour*
> *prendre leur revanche, reviennent*
> *sur les gouttières et font, de la plus*
> *agréable façon, des pieds de nez aux*
> *voyageurs.*
>
> *Les Choristes redisent le* CHŒUR *précé-*
> *dent, tandis que, sans rancune, les*
> *Chiens leur jappent la mesure.*

Rions,

Chantons,

Leur défaite

Est complète

La nuit

S'enfuit,

Mais la gaîté nous suit.

> *Bref, on se sépare de bonne amitié,*
> *quoique un peu bruyamment, et*
> *l'on se donne rendez-vous pour le*
> *prochain Carnaval.*

POITIERS. — IMPRIMERIE DE HENRI OUDIN.

www.ingramcontent.com/pod-product-compliance
Lightning Source LLC
Chambersburg PA
CBHW061443170626
46811CB00005B/2346